A mis padres,
Jack y Nancy Nagy
y a George Koutny,
que con orgullo mostraron mis
pinturas de la infancia como si
fueran obras de arte. JC

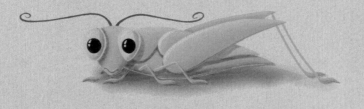

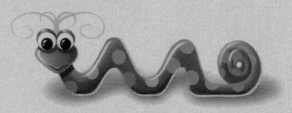

Perdido y Solo

© Janan Cain 2000
© de esta edición Cuento de Luz SL 2011
Calle Claveles 10 | Urb Monteclaro | Pozuelo de Alarcón | 28223 Madrid | España | www.cuentodeluz.com

Esta traducción de "Roonie B. Moonie: Lost and Alone" se publica por acuerdo con Illumination Arts Company Inc.
Traducción de Amalia Martínez Céspedes

ISBN: 978-84-938240-8-2

Impreso en PRC por Shanghai Chenxi Printing Co Ltd, en julio 2011, tirada número 1209

FSC
®
www.fsc.org
MIXTO
Papel procedente de
fuentes responsables
FSC® C007923

Perdido y Solo

Janan Cain

CUENTO
DE LUZ

Para Zumbo Colmenar hoy era un día perfecto.
El sol brillaba fuerte calentando sus esponjosos hombros y
la brisa hacía bailar las hojas del jardín y
que la pequeña hélice de su gorra girara sin
parar. El lugar era un hervidero de sonidos y olores
misteriosos, lo que convertía ese día en el ideal
para realizar lo que más le gustaba: ¡explorar!

Zumbo revoloteaba emocionado poniendo en su mochila todo lo que iba a necesitar: su linterna, su lupa y sus binoculares. Quería convertirse en un auténtico explorador como su héroe, Cristolabejo Colón.

Su mamá a menudo preocupada por su pequeño aventurero, repasaba con él las normas de seguridad antes de que saliera de la colmena:

—A ver Zumbo, asegúrate de **volar siempre por espacios abiertos, ten mucho cuidado con los desconocidos** y si te metes en apuros, recuerda: **mantén la calma, confía en tu intuición y utiliza la cabeza.**

Impaciente, ya que había oído esas normas miles de veces,
Zumbo se marchó zumbando a comenzar su día de
explorador. Aleteó por todo el jardín hasta que empezó
a aburrirse. Entonces, utilizando sus binoculares,
localizó un extraño objeto a lo lejos que
nunca antes había visto.

Se trataba de un misterioso tronco hueco.

–¡Bezzzzzzztial! –exclamó Zumbo–. ¡No cabe duda de que tengo que explorar ESO!

Enfocando para verlo más de cerca, Zumbo observó una entrada que estaba escondida. En su cabeza, resonaba la voz de su madre que le recordaba **permanecer siempre en espacios abiertos.**

«Parece seguro –pensó– solo voy a echar un vistazo».

Zumbo voló en zigzag, hasta que de repente se encontró dentro del tronco.

La pequeña abeja no veía nada porque todo estaba muy oscuro. Había olor a humedad y a cerrado, como en el sótano de una colmena vieja.

–¿Hay alguien aquí? –gritó nervioso.

Zumbo se preguntó si alguna vez los intrépidos exploradores, habrían sentido miedo al encontrarse solos en lugares desconocidos.

Dentro del tronco no escuchaba nada,
salvo el sonido de su propia respiración.
Cuando Zumbo se dio cuenta de que no
veía el hueco por el que había entrado,
empezó a asustarse de verdad.
**Respiró profundamente para
calmar los nervios;** esto le ayudó a
pensar con claridad y se acordó de
su linterna. Pero cuando la
encendió vio a su alrededor a
grandes y extraños seres y…
¡parecían HAMBRIENTOS!
Con el susto se le cayó la
linterna, que además era su
preferida, y salió aleteando sus
alas sin parar hasta conseguir
escapar de aquel aterrador lugar.

–¡Bzzzzzzzz! ¡Qué susto...! –exclamó Zumbo jadeando,
mientras se posaba sobre una gran roca y observaba el
desconocido y extraño lugar en donde se encontraba.
Perdido entre la espesa maleza, no tenía
ni idea de cómo volver a su colmena.
–¿Dónde estoy? ¿Cómo volveré a casa? –sollozaba–.
¿Qué debo hacer ahora?

Zumbo deseaba más que nada en el mundo estar en casa con su mamá. Se secó entonces las lágrimas y respiró de nuevo profundamente, antes de abrirse camino entre las ramas y los troncos retorcidos.

De repente, un pájaro de brillantes colores descendió en picado y se paró ante él, bloqueándole el paso.

–¿Qué te ocurre, abejita?

¿Te has perdido?

Aunque no parecía peligroso, por algún motivo Zumbo no se sentía cómodo con ese extraño.

–¡Será un placer ayudarte! Ven conmigo –le dijo el pájaro envolviéndole con su fuerte ala.

De nuevo, Zumbo recordó la voz
de su madre: **«Confía en tu intuición y
utiliza la cabeza».** Ella le había enseñado
a alejarse de cualquiera que le hiciera sentirse
incómodo o asustado, que era justo como se encontraba ahora.
–¡No, gracias! –dijo Zumbo con valentía–. ¡No quiero ir con usted!
El pájaro parecía decidido a hacerle cambiar de opinión.
–Ven conmigo –susurró– buscaremos dulces de néctar y
luego te ayudaré a encontrar a tu madre.
Como no se sentía para nada seguro, Zumbo corrió
hacia unas setas que había cerca y se arrastró entre ellas,
hasta un claro a donde el pájaro ya no podía seguirle.

Escondido y a salvo, Zumbo respiró despacio y profundamente para calmar los acelerados latidos de su corazón.

Entonces, oyó el relajante sonido del agua y se acordó del borboteo del arroyo que corría por debajo de la ventana de su dormitorio.

«Quizá me guíe hasta mi colmena», –pensó.

Salió de su escondite, encontró el camino hacia el arroyo y saltó dentro del sombrero de un champiñón. Flotando suavemente sobre el agua, recordó un día, tiempo atrás, cuando salió a explorar con sus amigos de la colmena. Se rieron tanto que hasta les dolió la barriga.

El recuerdo de ese día era tan real que casi podía oír las risas.

¡Pero aquello no era un recuerdo! ¡Estaba realmente
oyendo risas! Una amable mamá mariquita observaba
cómo jugaban sus pequeños entre las flores, mientras
reían sin parar.

«Ojalá mamá estuviera aquí –pensó Zumbo con
tristeza–. Sé que ella ayudaría a alguien que se
hubiese perdido».

De nuevo, la voz de su madre resonaba:
«Si alguna vez necesitas ayuda y no
encuentras a ningún policía, busca a
alguna señora que esté con sus hijos,
ella te ayudará».

Zumbo respiró profundamente una vez más y se acercó tímidamente a la mamá mariquita.

–P-p-p-per-do-ne –dijo titubeando–, m-me llamo Zumbo Colmenar. Estaba explorando y me perdí ¿Podría por favor llamar a mi mamá y decirle dónde estoy?

–¡Por supuesto pequeño, ahora mismo la llamo! –contestó amablemente la mariquita.

Al decirle Zumbo su número de teléfono de memoria, se sintió feliz de haber **confiado en su intuición y haber utilizado la cabeza.**

Ahora que se sentía seguro, Zumbo se unió a
los juegos de los otros pequeños, lanzándose en
picado y serpenteando por el aire, haciendo
cabriolas y columpiándose en las ramas.
El corazón le dio un vuelco cuando, por el rabillo
del ojo, vio a su madre que se acercaba.

Incapaz de contener su alegría, Zumbo abrazó a
su mamá como nunca antes lo había hecho.

–¡Mami! –gritó– ¡me alegro tanto de verte!
Me metí en un tronco oscuro y unos seres
muy raros me rodearon. Luego, un
malvado pájaro quería que me fuera
con él, pero me escapé y me escondí
hasta que me sentí seguro. Después
encontré a estas amables mariquitas y,
como siempre tú me has recomendado,
confié en mi intuición y utilicé la cabeza.

–Estoy muy orgullosa de ti, mi valiente
abejita –dijo su madre–. Has hecho muy bien al
mantenerte a salvo, pero en cuanto lleguemos a
casa, quiero que me cuentes cómo te has metido en
tantos líos.

Mientras volaban hacia casa, Zumbo no pudo evitar preguntarse
si el día siguiente sería maravilloso… maravilloso para explorar.

Nota a los Padres

A todos los padres nos preocupa que nuestros hijos puedan perderse en lugares públicos. **Perdido y Solo** enseña a los niños a reconocer situaciones de alarma y seguir unas pautas, que pueden ayudarles a protegerse si se pierden o se encuentran en peligro. Las siguientes recomendaciones pueden ser útiles:

- Es muy importante que los niños aprendan que si se pierden, deben mantener la calma para pensar con claridad.

- Ayúdenles a comprender cómo pueden sentirse en diferentes situaciones. Hablen con ellos sobre lo que les dice su intuición, de cómo pueden sentirse cuando alguien o algo les resulta inseguro o peligroso. Examinen las sensaciones, pensamientos y emociones que pueden experimentar cuando su cuerpo y mente les avisan de algo.

- A los niños se les enseña a obedecer y respetar a los adultos, pero también tienen que saber cuándo es correcto no seguir sus indicaciones. Asegúrense de que entiendan que existen situaciones en las que no siempre tienen que hacer lo que la gente mayor les dice. Enséñenles a decir «¡No!» con firmeza.

- Muchos padres se sienten incómodos cuando sus hijos montan alguna escena en público. Es importante que los niños sepan que su seguridad, en ciertas ocasiones, puede depender de que llamen la atención todo lo que les sea posible.

- Practiquen con sus hijos situaciones en las que los adultos intentan intimidarles. Enséñenles a sospechar de cualquiera que les haga sentir incómodos o que no acepte un «no» por respuesta. Practíquenlo a menudo.

- Enseñen a los niños cómo pueden saber con quién sentirse seguros. Ensayen maneras sencillas y claras de pedir ayuda a desconocidos.

- La mayoría de los padres reprendemos a nuestros hijos cuando pierden sus cosas. Asegúrense de que entiendan que a veces no pasa nada, o incluso, de que puede ser necesario que abandonen, por ejemplo, su mochila o su juguete favorito.

- Cuiden de que los más pequeños, y sobre todo, aquellos con discapacidades comunicativas, lleven brazaletes identificativos con su nombre, dirección y número de teléfono. Los niños deberían aprender esta importante información de memoria tan pronto como les sea posible. Prueben a hacerlo como un juego e inventen una cancioncilla fácil de recordar.

Janan Cain

Lectura recomendada: Protecting the Gift: Keeping Children and Teenagers Safe (and Parents Sane), de Gavin de Becker.